le zoo de YAYAHO

Texte : **Geneviève Lemieux**
Illustrations : **Bruno St-Aubin**

Pour Alice.
Geneviève

À Caroline la magicienne.
Bruno

Le raton laveur

**Catalogage avant publication de Bibliothèque et Archives nationales du Québec
et Bibliothèque et Archives Canada**

Lemieux, Geneviève, 1960-

Le zoo de Yayaho

(Le raton laveur)
(Yayaho ; 2)
Pour enfants de 3 à 8 ans.

ISBN 978-2-89579-363-2

1. Animaux - Ouvrages pour la jeunesse. 2. Mots d'esprit et jeux de mots - Ouvrages pour la jeunesse.
I. St-Aubin, Bruno. II. Titre. III. Collection: Raton laveur (Bayard (Firme)).

QL49.L45 2011   j590   C2010-942588-X

Nous reconnaissons l'aide financière du gouvernement du Canada par l'entremise
du Fonds du livre du Canada (FLC) pour des activités de développement de notre entreprise.

 Conseil des Arts   Canada Council
du Canada   for the Arts

Bayard Canada Livres inc. remercie le Conseil des Arts du Canada du soutien accordé
à son programme d'édition dans le cadre du Programme des subventions globales aux éditeurs.

Cet ouvrage a été publié avec le soutien de la SODEC.
Gouvernement du Québec – Programme de crédit d'impôt pour l'édition de livres – Gestion SODEC.

Dépôt légal – Bibliothèque et Archives nationales du Québec, 2011
Bibliothèque et Archives Canada, 2011

Direction : Caroline Merola
Graphisme : Mathilde Hébert
Révision : Sophie Sainte-Marie

Site Internet et fiches d'activités disponibles sur **www.bayardlivres.ca**

Connaissez-vous le coquin **YAYAHO**,
ce petit rigolo qui croque les mots
pour en créer de nouveaux?

Un jour qu'il jouait dans sa maison de mots,
Yayaho reçut la visite d'un gardien de zoo :

— Hé ! ho ! Yayaho !
Toi qui es un amoureux des mots,
peux-tu venir à mon secours ?
Quelqu'un m'a joué un vilain tour.
Imagine-toi que tous les animaux
ont disparu de mon zoo !
Yayaho, Yayaho,
tu dois m'aider à en créer de nouveaux !

Yayaho, qui mâchouillait un mot,
sourit au gardien de zoo :
— Créer de nouveaux animaux ?
Rien de plus facile pour un croqueur de mots !
Allons-y, allons-zo !
Partons pour le zoo !

— Mon cher gardien, peux-tu m'apporter
deux objets particuliers ?
À vrai dire, il me faut
un chapeau et un plumeau.

crac ! **BOUM !** miam !

Avec le CHA de ce **CHA**peau,
et le MEAU de ce plu**MEAU**,
je fais apparaître...

Un **CHAMEAU** !

— Mais c'est extraordinaire ! s'écrie le gardien. Yayaho, de quoi as-tu maintenant besoin ?

— Avec un **CO**lis et un bou**CHON**, regarde bien, nous obtiendrons...

crac ! **BOUM !** miam !

Un joli petit **COCHON**!

— Yayaho, tu es génial
d'avoir créé cet animal !

— Si tu veux que je continue,
il me faut une **TOR**pille et une sta**TUE**.

crac! **BOUM!** miam!

Voici une **TORTUE** !

— Merci mille fois, Yayaho,
tu es vraiment mon héros.
Et maintenant, qu'est-ce qu'il te faut?

— Avec un **COR**net et un flam**BEAU**,
je vais créer un nouveau mot.

crac! **BOUM!** miam!

Regardez là-haut,
c'est un **CORBEAU** !

— J'ai vraiment eu une bonne idée
quand je t'ai demandé de m'aider !

— Eh bien, ami gardien, sans faire de gaffe,
apporte-moi une **GI**rouette
et une ca**RAFE**.

crac! **BOUM!** miam!

Pif, paf! Voilà une **GIRAFE** !

— Allons, mon garçon,
continuons, continuons !

— Si on me donne un **MOUI**n et un bou**TON**,
voyons voir ce que nous aurons.

crac! **BOUM!** miam!

Un mignon **MOUTON**!

— Yayaho, tu me sauves la vie, vraiment.
Comme il est beau, mon zoo, à présent !

— Ami gardien, j'ai encore un peu de temps.
Que vais-je faire avec un **TOU**tou
et un vol**CAN** ?

crac! **BOUM!** miam!

Je te fabrique un **TOUCAN** !

— Les visiteurs vont bientôt arriver.
Yayaho, comment te remercier ?

— En me donnant un **LA**vabo et un pyja**MA**
pour que je te prépare, abracadabra...

crac! **BOUM!** miam!

Voilà un joyeux **LAMA** !

— Yayaho, grâce à toi, enfin,
mon zoo est de nouveau plein !

— Tu te trompes, ami gardien,
je n'ai pas tout à fait fini.
Pour que ton zoo soit le plus joli,
le plus fantastique, le plus réussi,
il me faut encore...

Voici un **DRAGON MULTICOLORE** !

— Ah, mais ça alors !
YAYAHO, tu es vraiment très fort !